CB014433

A ESPUMA DO FOGO

Carlos Nejar

A ESPUMA DO FOGO

(*Sinfonia Pampeana em Sol e Dor Maior*)

ISBN: 85-7480-097-x

Direitos reservados à
ATELIÊ EDITORIAL
Rua Manuel Pereira Leite, 15
06709-280 – Granja Viana – Cotia – SP
Telefax: (0--11) 4612-9666
www.atelie.com.br
e-mail: atelie_editorial@uol.com.br

Printed in Brazil 2002
Foi feito depósito legal

Não sou cidadão de Atenas ou da Grécia.
Sou cidadão do mundo.

SÓCRATES

Arrancó palabras antes
que se arrancara el alma.

ROMANCERO DEL CID

Com o rosto voltado
para a terra.

CANÇÃO DE ROLANDO

[...] porque na vida
ninguém alcança
a glória merecida.

LUIZ VAZ DE CAMÕES

E busca o sucessor, que te encaminhe
Ao teu lugar, que há muito que te espera.

BASÍLIO DA GAMA, *O Uraguai*

Ao povo do Rio Grande do Sul, onde nasci.

PRELÚDIOS. PAMPA E SUA DURAÇÃO

1. Trovoa minha infância: violetas,
vergões de espuma e bronze. Pampa
é tempo. Quis ver sua duração.
E o tempo nada sabe de si
5. mesmo. Nem a duração sabe
durar. E foi quando o pampa
se desvaneceu no som
do sino. E o sino a chover flores
pela língua e a trovoar badalos
10. ao avesso, com seu carro
de nuvens e cavalos. E eu era
um homem qualquer, que foi
ao correio devagar e se esqueceu
de poemas e pêras no balcão.
15. E ao ser chamado e olhar na direção
da voz familiar, o tempo
tropeçou e vi suas pernas
cambaias, grandes pés. E atrás a voz
fanhosa andava e o tempo tropeçou

20. na voz. Um se amparava em outro,
como um vivo no morto. Não sei
por que minha mãe chorava e era
o tempo talvez. Que de chover e doer
de cor guardei. De pampa fui feito,

DE PAMPA FUI FEITO

25. com filhos, ruídos e sapatos sob o leito.
Ou o menino que tinha sempre na mão
direita uma colher azul para o remédio.
E nunca entre cargos, deveres, ninguém
adivinhou quanto o menino

AVÔ MIGUEL E A CIÊNCIA DA TERRA

30. endureceu. Mas meu avô, vivo,
jamais endureceu. Dizia: *O pampa*
é mais novo que eu e sábio em suas
âncoras. Só nele ancorei. A terra – eu sei –
é mel e essa fragrância se espalha.

A LEI DO LUGAR

35. E a lei deste lugar vai desde a infância
até tornar-se mulher. Ou esta faca:
pode matar o céu. A lei é o que
se faz e não impede aos pássaros
de voarem. Nem é mais leve que o roçar
40. dos meus dedos, Elza, em teus cabelos.
A lei é o que se faz e não se prendem
artigos num anel de velhos aros,
ou a cabeça em tranças de papel.
A lei é do que vive e o pampa é viagem
45. cada dia. Virgem. E se a chuva
se mede pela água, não, não
posso eu medir tuas planuras,
com minha lágrima? Meu avô
Miguel firmava, com autoridade,

A TERRA FÊMEA

50. entre peões: *O rapaz que se une*
à terra, a faz mais sensual e bela.
O ancião, como eu, que à leva à cama,
dá-lhe forma fidalga: a de dama.
E eu sorria de meu avô que, agora,
55. dorme com o corpo dessa terra
em sua cama. E quando é lua,
o avô sonha com a testa na fronha
de outra brancura mais fria, debaixo
da dura noite. Relincha o corcel de terra
60. na boca, dá seus coices, até que a morte

LIÇÕES DA TERRA

esteja morta. Sim, uma gota de céu ensina
as andorinhas a penetrarem na linha
do arco-íris. E um só gesto de amor,
quando partires, fará crescer a milonga
65. verde da grama. E uma gota de sol
vibra na viola os sons amarelos
das horas. E o odor da tarde sozinho
gera o movimento do trigo. E mesmo
o rumor da coxilha pode fazer o poente
70. rebentar. E o brusco vento, ao tempo
faz cessar. E o tempo volta por outro
vento, a andar. Meu doce avô, sim, tudo
se consome em dor, amor e fome.
Mas o homem do pampa tem sua lei

JARDINS

75. em acordar os jardins da garganta. Pode
dormir devagar, meu avô, dorme, dorme.
Porque a morte se espanta e voeja com
suas aves longe. Quando um vulto
se aproxima. Ou se expande.

COXILHA E VENTO

80. Mas a coxilha é o céu de mel, verdendo,
é céu correndo o coração, entre violetas
e milênios. E a duração caiu dentro do vento.
E o vento é tudo o que ficou batendo batendo,
com suas botas fiosas, rebuçadas de sol,
85. veredas e meadas, como cordas jogadas
nas ventanas e portas do Paiol. Quando
eu morrer. E morrerei mais outra vez,
se o canto está fechado em minha mão,
ou no galo de um clarão. Talvez na mecha
90. de teus lisos cabelos, ou um cometa.
E esse vento nas frestas projeta em
relance, o meu avô na sesta. Então
ventava e o despertei. Deitado na
cadeira de balanço, me falou: *Gosto*

ENTERRAMENTO

95. *tanto do vento, que nele quero ser*
enterrado. Para dentro. Agora vi
quanto o vento o amava. E meu avô
deitou no vento. E não guardo
nada: vai tudo acontecendo.
100. Não aguardo nada. E me despejava
aos borbotões, quando me arrastou
o mar e éramos vasos e vagões de ar.
E eu não queria mais olhar o pampa
como tempo. Nem a ele. Fugia.

JONAS

105. Fugia: Jonas num navio.
Como serei profeta neste
tempo, com avios e medos
curtos? É pampa meu avô
morto, meu pai e minha mãe

110. mortos e alguns companheiros,
cuja sombra comeu a sombra.
Mas fui perseguido pelo verso
(urso, tigre), ao lhe dar sentido.
O universo é seu ruído. Quando

ATRAVESSADO SOB O VERBO

115. resvalei, fiquei atravessado
sob o verbo. E a voz que ouço,
de guri, bradou-me: *És pampa,*
enquanto respirar tua palavra.
Relva é palavra, montanha, rua,
120. *praça. E por direito, terra é o verso*
que te alcança. Calei. O juízo
ao juízo desce. O sopro ao

VIOLONCELO

sopro. E o amor é um violoncelo
tocado para dentro. Podemos
125. inventar coisas reais, quando
as não vemos. Ou desinflar o caos.
É vendo que se morre. Depois

O PEIXE ARÃO

conheci o peixe Arão, que Elza
e eu filiamos. Ia conosco, em casa.
130. Ou no quintal. Andava como um

COMO UM ESQUILO

esquilo e era gente. Igual ao mar,
que é gente e as árvores, moinhos.
Mas definhou e eu o enterrei, sob
um torrão de alfaces, cravos.
135. Não queria saber de imaginar.
O amor é estar ali. E comecei
a compreender como os filhotes
que o tempo paria, vinham à luz,
onde não se esperava. Mas não

140. podiam mamar sem ter sua mãe
de tetas afundadas sob a noite.
E essa ninhada de lentos
cachorrinhos pela rua era guiada
por Arão – o peixe. Não relatei
145. isso antes, porque não estava
IMAGINAÇÃO DO POVO
imaginando. E o povo só acredita
quando pega a imaginação com
a cauda em chamas. E eu começava
a (des)imaginar como forma de avariar
150. os olhos e os ouvidos. O mar sabia
tudo desde o início. E eu dizia
que a coxilha dói até sob as mãos
e não invento. As mãos molhadas
O VENTO ROENDO
sobre o fogo e o vento roendo roendo
155. roendo. O sol poroso há séculos
GIRO DAS SEMENTES
se entorna no giro das sementes
e nenhum bardo ousou dizer
teu amor desta maneira. E se
ardo, sou verde, tão verde,
160. que o sol em mim bate.
NADA TE ENGANA, PAMPA
E, pampa, nada te engana
com vocábulos e artes,
mesmo que seja para astuciar
esta dama, que não sofre
165. de gota, a aurora. Late a bota
do vento com suas caninas
esporas. Range e a aurora não
está longe. Amarro o pago
no curral do mar, junto ao

FALO RELÂMPAGOS

CIVILIZEI A MORTE

PESQUEI DITOSO, (TOSO), O PEIXE

170. palanque. E ruge, range. Falo
através de relâmpagos como
um cego com os pés e um surdo
com palavras. Surdo e cego para
mim, de escuridão, o peixe
175. Arão fluiu e até nos despedimos.
A morte é pagã e não soletra
bem o nome das coisas. Como
eu quis civilizar a morte. E se
algo consegui, é porque se
180. ressuscita sempre de seus choques
métricos. E continuo a relatar, até
que a morte alcance o verso.
Sim, na manhã em que fui pescar
e o mar ria de mim e eu estava
185. incômodo, sem os suspensórios.
Com o cinto do amanhecer,
junto à calça, retesado caiu na isca,
um peixe. Exausto. Era como se
eu fisgasse o horizonte e o céu
190. desandasse, indo, vindo, com
a linha na maré. Sobre o pescoço
do peixe, o anzol. Um linguado –
Elza falou. Vi o peixe elástico
e pujante, farfalhava a água
195. e foi chegando aos poucos. Um
lorde. E ao fixar sua cabeça
dócil e o pular harmonioso
do bicho-da-seda, essa corrente,
me lembrei de Arão e resolvi soltá-lo.

200. Não quis: sangrava. Ouvi um balbucio.
Dei-lhe tratamento condizente a um
terneiro de leite e após um eito de

ARGOS E TABOR, OS CÃES

fiados dias andava, andava. Argos
e Tabor, os cães, o assustaram, enro-
205. lando-se num ão junto ao canto
da entre-sala. Como se relva fosse.
Mas se entenderam. Olhos e confiança
não têm dono. Ditoso era seu nome.

MONTES DE MAÇÃ AO SOL

Toso. Deitaram todos juntos, como montes
210. de maçã ao sol, sobre o jardim.

A FELICIDADE E A LUA

E eu era feliz. Tal um potro
ronceiro e breve era o peixe.
Ondeava em galope, aos feixes
de jubilantes escamas,
215. chamas de acurado azeite.

FÁBULA

Não contei o que contado
desaparece na fresta.
Fábula: peixe plantado
que amadureceu, às cegas,
220. quando palavras nadavam.
Era feliz. É assim: um ato de
assustar-se, como se degusta a romã
tirada ali no pé. Ou se desfruta o pé
do amor a crescer no chão da amada
225. e o nosso e levantar-se pelos corpos,
pássaros. Não posso sair de um verso
para outro sem ser feliz. E o que faz
circular a imagem talvez seja a lua
no poema. Verso é só o que, sofrendo,

DOR E HOMEM

230. queima. E ser feliz é saber queimar.
Dor: um braço, perna. E não poder
escoar entre as esferas. Dor,
é dor o homem. Se entrechoca.
E uma metade ignora a outra
235. e a morte repete as mesmas
sombras. E é preciso um esforço
a mais no poço entre o tempo
que vinga e o que tende a des-
aparecer. E o que se vai, reaparece
240. adiante. Dois raios na boca
de um trovão. Radiante
com o peixe e os cães,
eu sigo. Diante do mar:
garoto de escola, que vai

O QUE PARECE INSIGNIFICANTE É MEMÓRIA

245. à aula comigo. E o que parece
insignificante é memória. Elza
me olha da janela e vejo quanto
as coisas significam, por não nos
darmos conta delas. A história
250. da terra pode não estar nos
compêndios, mas tem o peso
da erva. E é insignificante como
um rio que levou tantos nomes
e não tem mais nenhum, mesmo
255. a correr. Sim, tenho um rio
no dorso. Dois grilos no avental
vão dividindo a tarde. Ajoujados
bois ao ombro. Junto da encosta
a relha. Bem-te-vis na alma,

260. presos. O cesto de pães e meses.

VIDEIRA DE HOMENS

E não há terra que baste à videira
de dois homens trabalhando.
E o manancial não perece. Brota
da terra. E se não temos fim

O AMOR SOB TAMBORES

265. é porque o amor que sopramos
na centelha, está se erguendo,
marchando sob tambores
de sóis e noites ardendo
constelações como flores
270. e passarinhos bebendo
a água do céu no vento.

AMIZADE NA PEDRA

Sou amigo a descoberto
e creio que cada gesto
põe-se na pedra, severo.
275. E a amizade faz do cedro,
outro mais alto. E nada
retém de jogo, fogo.
Nem de flutuar. Contido.

O AMOR, UM GRITO

O amor é como um grito
280. que conduzimos conosco.
Não tem rodilha, nem soldo.

EMPURRÃO E ESQUECIMENTO

Foi quando meu avô me pôs
junto às árvores de um bosque
e falou: *Fica aí. Vê as árvores*
285. *entrando para dentro de outras*
árvores. Como animais amadurecendo.
E descobri que existe o esquecimento,
mas não estava mais sozinho.
Um empurrão basta para cair dentro

290. de uma árvore e ser humano
de novo. Um empurrão basta,
para que floresçamos, subindo,
pelo tronco, até o cimo.
O esquecimento não é um
295. menino. É um olho cego.

O PAMPA QUER VOAR

O pampa está encantado nos
meus olhos. Mas quer voar.
Voar. As mãos que aperto:
povo. Se o escuto falar
300. com seu vocabulário novo,
de rios, colinas. Ver
é prosseguir. Glosei os ódios
com este amor. Temporão
cresceu e nunca mais
305. cessou. Pampa, não nego
o que de ti, é meu. Mas
indiviso é o tempo, não sou
eu. Estamos nele e saberá
tocar o coração. E as suas

CAVALOS-CHAMAS

310. palavras como cavalos – chamas.
O mundo é o meu país e o tempo.
Ali se planta a semente. Vivi.

CIDADÃO DO MUNDO

Sou cidadão do mundo
entre as árvores e as pedras,
315. numa língua em que os sonhos
ralham. Posso apenas ir mediando
entre a mão que escreve e a outra,
de onde vem toda a vertigem.
Mas é a mão invisível

CORDÕES E SAPATOS DA NOITE

320. que pampa eu chamo. *É terra,*
onde se atam os cordões
e estes sapatos da noite –
meu avô frisava e odres
cavalos, sombras se ergueram
325. de mim. E o que me amou
na terra não despeço. Nem
regresso de vez a este teto
de casta viuvez. Fui feliz,

FELIZ COM OS PASSARINHOS

feliz, menino, com os passarinhos
330. atrás de mim e eu, atrás deles,
com a alma sem um ninho sequer.

SENSO

Não há senso para a terra,
nem dela em nós, sob o limo.
Senso é a pedra ou mesmo o teixo
335. que me olham, se caminho.
Olhar é almar com os olhos
– meu avô falava e os calos
de suas mãos se calavam
tão eloqüentes, enormes.
340. E ancho, sesteia o pampa
nele ajustado, com a brisa.
E tudo se faz conforme.
Pampa é o oculto. Desliza.
E nós, ao sermos crianças,
345. temos todas as idades.
E nenhuma idade alcança
a idosa luz do pampa.

VASOS DE ERVAS

Vasos de ervas voam
e a erva de aves pousa

DE MIGUEL CHAMO
AS COISAS

350. com aceso pote de brasas
e a ribeira de asas soltas.
E o pampa se compassa
por entre vivos, mortos
e os pátios encanados
355. em outros, sobrepostos.
De Miguel chamo a todos
os meus países do pampa.
De Miguel também o surdo
guitarrista, o firmamento.
360. Chamo Miguel os outeiros
e formigas sobre o corpo
de meu avô dormindo.
E os seus óculos tortos,
suas folhosas lentes,
365. as cicatrizes e enchentes
de nascença, junto à nuca.
E o avô Miguel descalço
de sentidos, jaz, com a rota
quieta, trincada na boca.
370. E nem teme ele que a morte
o chame de outro nome.
Nem interrompe o eito
de Miguel para a charla
vinhosa com os lindeiros.
375. Se a infância está doendo,
ela é Miguel. Não sabe
mais nada de sua terra
sozinha trabalhando.
E se Miguel é o tempo,

380. a infância não percebe
quando o pampa está nele.
Ou não a vê, se chora,
perdida, entre paredes.
Estamos juntos, pampa.
385. Agora estamos juntos.
Como a pedra nas pedras,
a semente com o fruto.
Tudo em viagem calma:
o verso com a estrutura
390. de uma gota de alma.
Estamos juntos, pampa,
como flores na jarra.
Flores que a morte deita
no amanhecer da fala.

O CORAÇÃO NÃO SE ENTERRA

395. E o coração não se enterra
com a macheza ou a primavera.
Ou na braçada dos ares,
junto à falante neblina.
O coração não se enterra,
400. salvo em outro que se anima
na mesma gleba, ou tina.
Nem se recupera os mortos.
E o que vem, não se repete.

FORMAS QUE TOMA A TERRA

A terra é perdiz, lebre.
405. Ou então um javali buscando
a presa. Ou a natureza
de quem provei femezas,
vendo-me cair em sua raiz.
E a raiz ser toda alma.

NOMES DE CIDADES:
EM MIGUEL DESEMBOCAM

410. Desfilam nomes e mudam
São Leopoldo junto ao rio
como um novilho no arado.
Canoas e Novo Hamburgo,
Esteio. Rebanhos nomes
415. manam: ovelhas no prado.
Ou pulam rãs sobre o lago,
em bulha, se um nome some,
outro salta, outro mergulha.
Nome-coração se mexe
420. com as artérias e ondas, peixe.
E o mapa igual a um focinho
de foca na água desce.
Cada nome é um redemoinho
que aflora e desaparece.
425. Ou como na fruta o caldo
pela compoteira inunda.
Nomes, cidades, baldos
monumentos, canais, fios
e o pavio comprido ou curto
430. de céus e meses. Ardil:
manter-nos vivos. Escuto
reboar o tempo ao fundo,
caído no espesso vale.
E sucessivos nomes
435. até Miguel desembocam,
como se em dura língua,
retarda e atrás do menino,
aos poucos, se decifrasse.
E o que a infância não sabe,

440. é o que sabe a memória.
Itaqui, São Borja. Embarco
nos nomes. Bagé, Lajeado,
Uruguaiana: meu quarto
teve a visita de um pássaro
445. e vento fui. De Santiago
a D. Pedrito. Comparto
a existência com meus ossos.
E com o peso tão restrito
dos sonhos e dos abraços.
450. Erexim. Estava o mundo
crescendo na morte e ela
dentro de mim. Passo-Fundo.
E os nomes vão mudando
com as águas, o silêncio,
455. com os pés de grão e outros
pés de fontes, foles, fojos,
pés de carros e soldados,
pés de lobos e delidos,
pés bemóis e naufragados
460. e de heróis e outros vencidos,
pés de serpentes, delitos,
pés de cimos e de giros,
pés de argumentos moídos.
Toda a história se dissipa,
465. entre pétalas e círculos.
Toda a história se dissipa
em fusos, bússolas, foices.
E o escondido se elucida
nos ouvidos do horizonte.

470. Entre nomes e gemidos.
De Gramado a São Francisco:
morros, páramos. Calibro
a infância pelo riso
e as rugas pelos usos,
475. pétreos costumes da noite.

QUERÊNCIA

Por que a terra me quer tanto,
pampa, se eu vivi no exílio?
Talvez por ter com ela filhos.
Quando amor é sem destino,
480. ama-se cada recanto.
Desde o pisar do cavalo,
cigarras, grilos, orvalho.
Nada persiste sozinho.
Mesmo a cortês castanheira
de passarinhos no pé:
485. é uma árvore-maré
que entre as vagas, gorjeia.
E se o corpo é que se molha,
pode a alma andar enxuta.
490. O que vive não pergunta
quanto de viver nos custa.
O que caçamos ao léu,
é céu de léguas, mais nada.
Humano é caçar no pó
495. e saber quanto ele cava.
Por que a terra me quer tanto,
pampa, sem ver que estou vivo?
O em que cristal o encanto
geme de amor (des)ferido?

500. Ao suar de espuma o trigo,
suam todos os bezerros
que a noite recolhe cedo.
E a constelação suando
tem pirilampos nas costas
505. e nebulosas no arreio.
E o que põe volume, chora
com bois e olhos das coisas.
Tudo chora sob o nome,
sendo cúmplice a memória.
510. Humano é caçar no pó
e saber quanto ele chora.

MORTE CEGA

Cega dos dois olhos, morte.
Cega de um, cega muda.
Cega pela rua e tonta,
515. indo de encontro às esquinas,
tateando as árvores. Louca
por não conseguir chegar.
O que não nos vê, não mata.
E o que nos mata, esquece.
520. Cega dos dois olhos, cega.
Desde a pedra, desde o bronze
de algum secreto desejo.
Desde a eternidade vejo,
pampa, os anéis da chuva
525. sequiosa sobre a planura,
as coxas de água madura.
Músculos de nuvem e nuvens
de valos e de cavalos.
Pampa, contemplo as coisas

530. e os animais sem piedade,
sem estranheza de olhar-te,
sem o pudor de ir chorando
meu avô e seu violino
de rocio sob a república,
535. com partituras silvestres.

RODAS E ESTRELAS

Nem a sul e nem a leste
a roda da infância cresce.
Mas é sobre o coração –
sussurrava meu avô Miguel,
540. agreste, na carreta que parava
e eu, junto à roda do chão.
E tenho rodas nos olhos,
rodas de pedra no sangue,
rodas em todos os poros
545. de uma memória exangue.
Rodas, rodas, rodas, rodas.
O que invento que não seja
roda correndo em outra?
Ou depois desinventando
550. rodas são estrelas frouxas
de outras estrelas ventando.
Cega dos dois olhos, noite.

O AR PLENO

E o ar não é baixio
com montanhas no fim.
555. O ar é pleno, um rio.
Não cria musgo o ar.
Ao se pagar, valemos
com olhos de ar vivendo.
Cega é a morte sem contermos

560. a vida no seu reduto.

POMARES E SESMARIAS

Não se chega ao fruto
sem antes ser semente.
E eu prendia essa memória
de Miguel na palavra.
565. Por ser meu avô uma terra
que não será apagada,
terra de água que procria
com pomares, sesmaria.
Ou gerações pela leiva
570. de sua figura de amêndoas,
hortelãs, cravos, arroios.
Não se chega ao fruto
sem tê-lo por dentro,
ou sem reavê-lo
575. nos tordilhos dentes.
Ou poder mordê-lo
sem caroço, leso.
Comer o miolo
do verão nas messes,
580. lá por onde reses
e o inverno mastigam
milhos, nobres, vigas.
Não se chega ao fruto
sem morrer de tempo.
585. Pampa, só morremos
para ser o húmus
de paciente guerra.

AFINIDADES ELETIVAS

Muitos são fortuitos
e não saem da terra,

590. nem saem de si mesmos.
Outros, como eu, sabem
que ela é distante e range,
capturada no avesso.
Alguns não saem e já estão
595. enterrados sob os olmos.
Outros se contentam
com seu olhar de fadiga.
Eu a toco, transgrido,
incendeio e concito
600. a rebelião dos que vivem.
Porque ela está comigo.

A TERRA E EU

E quando morto for, vai ser
a terra o verdadeiro juízo.
Aves ponho na fala.
605. Venho de muito dentro.
Não posso mudar de alma.

MEU DECIDIDO
E ABASTADO AVÔ

Meu decidido avô, que tens
abastada a terra, queres
nos braços, gozá-la inteira,
610. com a reputação e o siso.
Pois a terra se perfuma
e o amor no amor se apura,
tão formoso e tão preciso.

HUMANAS COISAS

Mas sabes, avô, que as coisas
615. humanas são e reclusas.
Nem ao infortúnio regem.
E nem o líquen se alteia
além da boca e acredito
que a terra gera o futuro,

620. onde viver se assume
com o derradeiro corpo
cada graveto, estrume,
seixo, relvado gosto.
E em Deus a alma no monte:
625. o cimo do paraíso.

NASCI MUITAS VEZES

Mas nasci num rio bem grande.
Com mão em tudo nascendo.
Continuei, pois recuar
não é vocação dos sentidos.
630. Todas as separações
se prolongaram, até
voltarem para a vertigem.
Depois eu não nasci mais,
por ter nascido excessivo.
635. Nem morria. Foi a aurora

GESTAÇÃO DA AURORA

soldada numa linguagem
que pássaros servem. Talvez
seja outra espécie de ave.
E com duas mãos a aurora
640. se abre. E continuará
nascendo. Mas o amor,
mais nômade que eu,
descansou apenas
quando eu acordei. Ou num
645. relâmpago gravei
toda a primeira infância.
Trasladei em fogo,
o planeta e seus rebordos.
Mas lúcido e novo levantei,

650. depois que terminara de morrer.

A TERRA NÃO NOS IGNORA

Se a noite nos ignora, a terra não.

A MORTE E O TEMPO CAEM

E o tempo cai nos ouvidos atentos,
do galho como um pêssego. Talvez
caia a morte, ou a morte a nos olhar.

CARA A CARA

655. Ou nós a olhá-la, cara a cara.
Sem saber em que morte está:
naquela que o repara ou noutra,
com o passo na frente ou atrás.
Porém, se a morte dispara,
660. nunca mais há de parar.
Nunca mais é só começo.
Estanco, meço a fidúcia

PÁSSARO BRANCO

do verso. E há um pássaro
branco sobre a minha morte.
665. Que ainda não conheço.
Cantará a morte em mim.
E só de ouvi-la, estremeço

BANDOLIM

em sua voz de bandolim.
Mas na morte encontro espaço
670. de terra dentro de mim.

CICLO DO DIA PAMPEANO

Fósforo louro, raiado

SCHERZO

num aranzel de avelãs,
vem a manhã. Pasce o gado
a ruminar ígnea tarde
675. com sua língua e mugido.
Noite é fogo na prosódia
de sisudos peões, a roda
luzente de mate, trovas,
causos. Seródia é a lua

680. na mão do som. Amorios,
penas, validos combates
entre doma e marcação.
Remorder a escuridão
na coma, com adaga, dentes
685. e com o silêncio comido.
E este tempo que está vindo
sobre o lombo do alazão.
Mas pampa é o que está
comigo. E o que a terra
690. preserva. Se adormeço
na relva, abraço-me à sua
costela. E o sonho, a morte,

SEM PARTIDOS OU CLASSES

a terra não têm partidos,
nem classes. Mas fome. Sempre

VAIDADE DA MATÉRIA

695. sincera. Quanto é vaidosa
a matéria com seus vestidos,
casacos de gola e fibras,
sapatos, ou se equilibra
despojamento, pobreza,
700. só a terra diz e suporta.

A TERRA ESCOLHE O QUE AMA

Como fêmea se desnuda
a quem mais deseja ou preza.
Não lhe interessa a nobreza
mas a precisão da escolha,
705. a dependente proeza
de acolher juízes e ladies,
prelados, campônios, índios,
liberais, republicanos.

O AMASIO E AS NÚPCIAS

A terra só exige a forma

710. de amasiar-se com ela
e às vezes amaridar-se,
caso inda seja donzela.
Com papel passado e sem,
que a terra virtude tem
715. mas se fecha sob a lei
do amor apenas. Contudo,
se de terra nada sei,
porém, da morte descubro
APETÊNCIAS — apetências, paladar.
720. Se aprecia sopa ou massa.
Ou não quer jantar. Se a sua
arma detona, mastiga
ou, sequiosa, engole a bala.
Se é esnobe ou se é mendiga.
725. E ofusca a alheia glória.
Descubro mas não consigo
desmontar sua pontaria,
ou ir desviando o alvo
de sua mira. Quando a morte
730. é surda e cega. E eu também
BORDÃO DA MORTE CEGA — cego, o bordão no seu bordão,
ébrio, bato. Mas é o poema
que me leva. E a morte cingida
VIDA, BÚZIO — ao braço. Vida, vida, búzio esparso
735. entre outros búzios da noite.
E o búzio de astros entesta
com o do monte e o da floresta.
O ESCURO MAR — Deixa eu ouvir no escuro
este teu mar que não cessa.

740. Mar que vem de onde não venho
e aonde não vou, começa.
Deixa eu ouvir no escuro
tuas ondas-labaredas
a queimar o que procuro
745. com chamas azuis, de seda.

A INFÂNCIA TREME

E no escuro a infância treme,
saltita: sapo sob a pele
da chuva. Treme a lembrança
das fugidas pelo mato

CATAR AMORAS

750. para catar as amoras
e elas tinham tantas horas
pelo ramo, já maduras,
que não sei mais o que choram:
coisas idas ou futuras.
755. No escuro a infância treme

LAMPIÃO DE QUEROSENE

um lampião de querosene.
E eu era barco sem leme.
Ou ave de asas pequenas,
não conseguia erguer-me.
760. E era como o tempo olhava
dentro da casa, sem ver-me.
Pressentia onde ele estava
e só buscava esquecê-lo.
O lampião de querosene

O TEMPO E EU

765. era o tempo e eu, dentro dele.
E não há potro que eu sele,
nem os cargosos aperos
sobre a garupa e o veleiro
de sua cabeça, como

770. esse bagual, o tempo.
E desvele eu, por ele,
das infâncias cada peça,
varanda, escada. Todas
as gorjeantes infâncias
775. numa gaiola: pássaras.
E no escuro a vida vasta
é inda maior. Regressa
o mar ao mar, tal como
coisas em coisas-ondas, — COISAS-ONDAS
780. para que sua laranja
gomo a gomo, se entreteça.
Nada a morte empresta, — A MORTE JAMAIS EMPRESTA: NIVELA
nada, salvo a si mesma.
Aborrecida, sem pressa.
785. E não se aplaca. A beleza
sepultada, é que se adensa.
Nem rendas a morte estende
aos filhos de sua promessa.
Nivela mais do que empresta.
790. Cobra bem mais do que vende.
Devolve o rico ao indigente
pela morte, o capital
roubado por baixo, rente
e por cima, com o pedal
795. de subalternos clientes.
Devolve com o mesmo aval
ou apólices, sob o verde.
E ambos contraparentes,
unidos no mesmo forro

800. vegetal, fazem, inermes,
o que não fizeram, vivos,
na transação com os vermes
ou quites, por bem ou mal,
suprem cheques de raízes
805. na seiva do cafezal.
Ou são bornal de sementes
os mortos, juntos ao bico
de andorinhas no varal.

COM O PAMPA

Com o pampa, abraçado, eu fico.
810. Vão cavalos pela noite,
noites vão sobre a garupa
e a barriga, como pombas
arrulhando esporas juntas.
Porém, com o pampa eu fico.
815. Na gula não habitual
dos arrozais com seu texto
irrigado de água, vingo.
Embora seja cristal
numa redoma de trigo
820. com a terra na morte,
eu fico. Nos alazões
que andam silvos,
sibilantes sobre o prado,
plúmeo, vergado eu fico.
825. E quando eu e o tordilho
nos completarmos no trote
e a crina do ar se corte
tal o cordão, a um filho,
pelas bridas então fico.

830. No coice da estrela d'alva,
ao amanhecer com as vinhas,
eu fico. A morte é sozinha,
por vezes, adolescente.

PAMPA E MORTE

Mas o pampa sabe sempre,
835. com presteza o que ela sente.
E a sós ficarei com ela.
Nenhuma morte é maior
que a terra dentro de nós.
Tão medonha, buliçosa.

ADOÇÃO DA ESPERANÇA

840. É perigosa a esperança,
se não a adotarmos
antes, quando criança.
Ou se acaso nos adota,
é para ferrar nas costas
845. sua nascitura marca.
E devo pagar-lhe a tença
de girassóis, diferença
da usura com que me dá
e a que, aleivosa, tira.
850. Mas coisas mudam de tino
e as entendi um dia.

IGUAL ÀS SERPENTES

E não intento morder
a cauda de minha vida,
igual às serpentes. Tenho
855. a audaz felicidade
que, adiando, se esqueceu.

LUA ENTRE AS PERNAS

O pampa do alto cresceu:
garoto que homem se faz.
E o monte murchou o céu

860. como no velho, o rapaz.
E se a manhã é mulher,
a tarde hibernando trevas
pode parir, se quiser,
a lua entre suas pernas.
865. Fontes-éguas: corro
nelas. Cheiro, bebo, gozo,
sorvo pelas narinas
galegas, o esponsal
de suas águas, gaio
870. dialeto, rosal
de serros, veigas.

DENTRO DO ESQUELETO

Saio de mim ou caio
para dentro do esqueleto,
pela velocidade
875. com que o tempo
me agarra no colete.
Outras vezes, um estado
de felicidade se dis-
tende ao músculo do braço

TOSO, O PEIXE, É MORTO

880. em cilha, cincerro. E eis que
Toso, o meu peixe,
sem falar-me, resolveu
nadar com os companheiros.
E os que não resistiram,
885. ao vislumbrá-lo com a perna
de saltimbanco na areia,
maldos, malevos, com vara
de marmelo o derrubaram,
levando-o, em soluços, manco,

890. ao corte da faca, aos trancos
de sordidez. Que piedade
conheceis, ó vós, que tendes
O GESTO E O PREITO — de humano o gesto e preito,
se humano é matar um ser
895. dócil, sem forças, temente,
apenas por ter sujeito
seu coração e as penas
a um bardo, que jamais quis
ser dono do livre e nado?
900. Nem do que, às vezes, lhe cabe
de pouco e afortunado.
Com regrados temperos
míseros o comeram,
"DERRADEIRO BRASÃO DA RAÇA EXTINTA" — Iguais a certas tribos,
905. que se fortificam
com os cativos. Molesto,
FECHEI-ME — fechei-me em casa,
iroso. Fechei-me com os
suspeitos. Fechei,
910. tranquei do rosto e lábios,
o seu gonzo. É um esconderijo
a amizade. Abconso, ao faltar-me
Toso, também faltava à Tabor,
Argos e à Elza. Faltava, faltava.
915. A biblioteca fez-se espaço
deserto. Ali nós comentávamos
as questões do universo. E outras,
que não apetece desvelar.
O tempo não tem nexo e só

920. quer passar. O que vale um peixe,
ao bizarro equilíbrio dos seres,
ou ao brioso concerto das nações?

MOTOR DE ARAGENS

Juntei a embarcação e a alma.
Entrou água na bomba. Juntei
925. roupas, malas e com Elza, liguei
o motor de aragens, viagens.
Somente existe tempo quando
não pode ver-nos? Ou falcão
talvez seja no cinturão das manhãs.
930. Ou esta ferina compaixão,
a três tiros do arrebol, este
lençol de afoita carabina.

TEMPO DO HOMEM.
E O DE DEUS

Mas o tempo do homem já se esgota.
Quero o tempo de Deus, a rota
935. para eu poder estar, onde Ele quer.
A roda de Deus na minha roda,
que a faz mover e sabe
onde é que roda. E não deixa
eu morrer, mesmo que a corda
940. da morte esteja presa. O mundo
ali se enforca na consciência
de se salvar. Importa o que
é vivo. A água morta fica
parada e dela nascem bichos,
945. como num figo, desde a crosta.
Deus se solta em nós, quando
Nele soltamos a alma toda.
Como a gota de céu em céu
se soma. Ao nada deste tempo

950. em que se é homem diante do
outro em nós, que não se some,
nem como esse bocado que do
outro, insiste em definir-se, estando
955. morto. Deus não se define, nem
é posto. Vive e não se defende
do que é vivo. Quando viver é
(des)aparecer na ilimitada
essência, nos redutos desdobrá-
960. veis de Deus. E ser da vida Dele,
é ir mudando em nós – inteiro, sem
represa ou feira de vontades.
Mudar o tão mudável de ir mudando
e mudar límpido, indefeso, até
965. que seja eu todo, só reflexo, e Ele,
espelho. O Seu peso se assenta
em mim, pequeno, com regresso
intenso. E o que penso é Dele,
como enredo que se vai dilatando.
970. E é por tanta eternidade,
que o siso se depõe e esta
armadura e o elmo de criatura,
transitório. E é sem disfarce, o
cárcere de gozo, cobiçoso e justo,
975. onde me comprazo, sem que pereça
o gosto, nem o fruto. Então o tempo
decompõe-se. Não é mais pampa,
ou gente, ou descendente de outro
que foi visto em Jerusalém, talvez

980. no Egito. O tempo é Deus, este
invento, desinvento de estar em nós,
no Seu parar, que é movimento.
Ou pelo amar de tal amor que o tempo
humano se desfaz, ao puro assomo
985. e os elos de outros elos são perenes,
formando a rotação de estrelas
e planetas. Aspiro, aspiro ao que Ele
quer e é esférico o Seu grito.
Absoluto, irrestrito. Dizia meu avô:

CASCA DE UM CLARÃO

990. *Vivemos sob a casca de um clarão.*
Custei a entender pegando o céu,
com o chão. Vi que o fulgor ficou
maior no grão. E me enterrei
e me enterrei para subir.
995. O gênio é um relâmpago na casa
em que trovoou. De uma família
apenas pelos traços. A casca
do clarão sob a ferrugem rompe
e ele começa a ralhar e petalar
1000. suas asas. E flor ir pelas in-
gremes (r)uivas fendas do ar.

TOSO, CINTILAÇÕES.
O TEMPO COMO PEIXE

Dei, dei alma a Toso, cintilante
peixe, junto à pequena noite. Dei
linha à alma e ele montava
1005. na castanheira manhã, bem
sobre o flanco açulando,
travesso, os cachorros.
E ia pelos galhos como lontra,
de cor igual à casca. Enquanto

1010. a planta encurtava as crinas
de animal cavalgando, Toso era
nau à sirga. Deslizava em correnteza.
Faiscava, ascendendo e baixando
pelos ramos e eles borbulhavam:
1015. garrafa azul de vento pelas pontas.
Ou a poção mágica das trombas
de elefante marinho. E eu via
o peixe e o céu, juntos, flutuando
pelos meses. Ducal e conselheiro,
1020. o próprio tempo foi tantas vezes peixe.
Meu avô decifrava a zanga do clarão
sobre a colina como a luz apruma
a lima e ia esquecendo pelas mãos.
Ou a forma como a bala apura

A MINHA IDADE

1025. a pontaria. Não, minha idade
não tem a ver com o corpo.
Com os números, sim. E o futuro
epitáfio. Tem a ver com alguma
estrela sobre a pedra, o ferrolho
1030. das ervas. Mas não com os pesadumes
e geringonças da escuridão. Nem
tem a ver comigo: sorrindo das idades,
longe. Nem com meu avô que dorme
tendo o gatilho da terra em suas mãos.
1035. E teimo no ardor: a idade ensina
a ver mais livre a vida e envelhecer
com ela já crescida na figueira
que vem de avós e orvalhos.
E o tempo é um malho na água

1040. baixando a alma. E o pó
esfarinha o pó, cavalo
onde a charrete singra
rodas de ondas marinhas.
Pelas montanhas, o vinco

AROMADOS BOIS

1045. de aromados bois se aninha.

NO PEITO DO PAMPA

No peito do pampa, as vinhas,
os arrozais do instinto
e a soja com suas finas
garras de sol faminto.

INÊS. VINHEDOS. CIDADES

1050. No peito do pampa, as vinhas
salteantes. O poleiro
de canários rubros, brancos
e implumes uvas: viveiro.
Cantinas com Inês cativa
1055. nos barris, ou em solitude,
Inês conservada viva,
prazerosa na quietude
dos parreirais. Inês vinda,
se o guardião tombou cortado,
1060. igual a um cacho da vide.
Com as saias do poente,
Inês se veste. Ou então chora
pelo espernear do rebento
e é vertente que se enterra,
1065. casta, vinhosa no ventre
da engarrafada viola.
Ou Inês que vai descendo
na mão dos montes. Gonçalves
são seus olhos suspendendo

1070. lento cajado de aves.
Ruas, casas se abotoam.
Quando os pisados sinos
de uvas na alva plangem
sobre os lagares dos vales
1075. e sóis, Inês é horizonte
que se fecha e abre, longe,
como um círculo de odres
que se derramam em outros
e outros. Desde o levante
1080. ao nascente, onde se fez,
entre abelhas e tonéis,
a serena Inês do vento,
o pomar da paz, Inês.
E ao pousar, Inês-semente.
1085. E choro tão de repente
ao saber que tudo é vivo.
E morrer é muito simples.
OVELHAS DE MARÉS
Cordeiros de maré sobem
pelos meus olhos. Choro
1090. com os símbolos. E ao medo
O SONO E A LUZ
não recolho. Pego o sono
e aos poucos, entro nele.
Até o sono apodrecer.
E dele eu sair ileso
1095. pelas frinchas. Não
sou daqui ou ali. Sou
dos meus ossos. E desta
luz costumada a seguir-me,
esguicha, cardíaca. Livre

1100. na praça. E se durar
a luz, tenho o que basta:
este raio de ser no vento
OS PÉS E GERAÇÕES
a água. Mas meus pés são
mais antigos do que eu, são
1105. mais pesados. Menos brandos
que o meu povo. E atravessaram
gerações e não sabem. Só
eu guardo esse segredo.
E os pés não sabem. Reafirmo
1110. coisas novas em coisas findas.
Guardo o segredo e o pergaminho
de sua escrita tão vivida.
Os pés, os pés nos fixam.
Depois de, aos palmos, virem
1115. e aos cereais e urtigas,
calcarem, comedidos.
Agora eles nos fixam.
Nos olhos deixam, lentas
LENTAS, AS COISAS NOS SENTIDOS
pelos sentidos, entrarem
1120. as coisas. E onde arfavas,
inicial e taciturno,
te descobrem. Deixa entrarem
pela porta, sem o aviso
de estar a alma tão grata.
1125. Conseguirão ser felizes
os pés absurdos, sozinhos,
publicanos? Perto, um trigal
CANO DO CÉU
de gaivotas contra o cano
do céu se acende. Depois,

1130. as aves põem sua testa
sobre a coronha das águas
que, cerce, aponta. E nós
somos nas ondas, chamas.
E convoquei graves sombras
1135. que, deslembrando, refiz.
Mas não desenhei o círculo
a giz, da remota infância.
Nem na matriz, isoladas,
coisas e coisas, verguei
1140. em forno, por entre aparas.

COISAS DE DEUS

As coisas por Deus criadas
são puras e acabadas.
Compostas de alma, como
este amor, Elza e as exatas
1145. esferas no céu plantadas.

AS COISAS POR NÓS CRIADAS

As do homem se completam
com as mãos, os pensamentos,
plasmas, desesperadas
ou terríveis ferramentas.

GATILHO DE ÁGUA

1150. Dorme, dorme meu avô
junto à enseada estreita,
com seu gatilho de água
sob as vagas. E dizias:
O que aceita sem lutar,
1155. *renuncia*. Agora lutas,
lutas, lutas, meu avô
e é tão pesado o dia.
E são pesadas as botas
deste vento na cortina.

1160. E pesadas as aranhas
sobre ela e o vento gira,
regira. Como rodar
o universo no seu centro
sem precisar movê-lo?

FALEI ÀS COISAS

1165. Falei às coisas, falei.
E as coisas todas se deitam
quando falamos com elas.
Somos tão desamparados
no cosmos e tão despidos,
1170. que devemos ser audíveis
aos nossos raros amigos.
Com elas falo, converso.
Estão ali. Mas sozinho
converso sobre o destino
1175. que, sem repouso, nos cerca.
Porfioso, depois, atino:
as coisas resistem mais
quando em seu zonzo cortejo
de olhos híspidos e certa
1180. vaga aparência de pouso.

TOSO CONVERSAVA COM AS COISAS

E Toso, o peixe, mantinha
em linguagem que não sondo
seu diálogo com elas.
Tento passar a cancela
1185. do idioma. Se somos vivos,
reproduzimos o esforço
de nos ir comunicando
com a parte de nós, mais órfã,
para a outra, de outros quantos

1190. tirarem a escura moita
que afasta o sono do sonho.
Falei às coisas e sonsas,
indiferentes pairavam,
como se algum desígnio,
1195. ou nenhum, sob sua carne
de cristal premeditassem
na distração sem alarme.
Eu tanto falei às coisas
REBELDIA
e não quiseram ouvir-me
1200. talvez por zanga, ou por nume
de existir, talvez por nada.
E tanto olhei que não pude,
ao som de seu alaúde,
segurá-las com mão firme.
1205. E quando me despertaram,
se estavam em mim, ou eu nelas,
não soube. Mas o ruído
era vibrante e as janelas
se abriam com seu instinto
1210. de adormecerem amadas.
Ou elas sequer me viram:
dentro de mim, foragido?
Ou partiram sem ouvir-me.
Ou se tornaram aladas.
1215. Ou em si mesmas se encantaram.
O HÁLITO DO TEMPO
Que fazer? Junto a mim, tempo,
senti teu fumoso hálito
de menta, hortelã, o travo
deste amanhecer na cara.

1220. E o engolfar da tempestade
pelas ventas, sem falar-me.
Jamais permitiste, tempo,
sentir teu afago, ao menos,
o bafejo. Nem o cheiro
1225. de avencas que o meu avô
sustentava ter o tempo.
E não espero esse estado
assim casual. Não tenho
muito. O que tenho não é
1230. meu. O esquecimento não é
mais menino. É um olho cego.
Sairei, sairei das coisas.
As imagens fatigam,
RODEADO DE BATALHAS
rodeado de batalhas.
1235. Ouço bater a chuva
e é a mesma batida seca
da mulher que à porta chega.
Não, não abrirei. Aperto
com os dedos, meus ouvidos.
1240. Quando sair do corpo,
a nada mais me apego.
Sairei. Sairei da morte.
ARRAIGADO
Velho é o tempo. E ficou
dentro da casa. Nos fundos
1245. vi seu vulto ir-se perdendo.
Não, não mais estava ali.
E desviar a razão
não nos socorre. Agarrar
o amor e os suspensórios

1250. não nos socorre. Corpóreos,
os sonhos, mais do que nós,
os sonhos morrem. E a luz
pode matar. E mata,

LIMITES

mata. Sem atritos. Sabe
1255. um homem toda a dor
de aos limites conter.

GLÓRIA

E tanto cansa a glória,
ou apodrece a dor.
Aos mitos prudenciais
1260. pelo casaco dos córregos,
seguro. O mundo é este
invólucro sonoro.
E mata. Ou se desvanece.

A MINHA CLASSE

Sou de uma classe presa
1265. aos que sofrem. Do Pólo
Sul ao Rio dos Mortos.
Com roupas combinadas.
Embora tomem ares
disformes os sapatos.
1270. E a classe dos meus pés
é a mesma das mãos. A dos
cães não é a dos leopardos.
E o touro põe as orelhas
na ordem das estrelas.
1275. Posso ouvir minha classe
no esqueleto. Ou junto
ao bolso: vespa, véspera,
vozes. A morte é a minha
classe. Sim, despediu-me.

OBRIGAÇÃO CORDATA

1280. Não tinha obrigação
cordata. Ficou solta,
de fora. Conformada.
E amei outra mulher.
Amei todos os mortos.
1285. Sem ter a percepção
de que estão entre mim
e os vivos. Com as puídas
vestimentas nos corpos,
vírgulas estendidas.
1290. E nada nos perturba
mais do que ser a míngua
das mínguas. Magro esboço.
Mas eu que sou provado,
tendo de consertar

GUIDÃO E BICICLETA DA BRISA

1295. o guidão e bicicleta
da brisa, o ministério
único que me serve:
o de colher orvalho.
Estou certo de que o amor
1300. é um violeiro monocórdio.
E que não há seguros,
debêntures no ódio.
E só o silêncio sabe
dos mortos. E a alma quer

MAIS ALMA

1305. mais alma, tal a sede
água deseja. Muitas
idades tive no verso,
mas te surpreendo ainda,
ó densidade eterna.

PAGUEI O PREÇO

1310. E paguei, paguei o preço
de a dor extrair do tempo
o que ela quer. E a raiz
é Deus. Foi quando, nave
de alto curso pela água,
1315. na foz eu aportei,
com o fundo calmo.

EM MIM TE ALMAS

Em mim te almas
e te amando, eu almo.
Só o mortal se perde.
1320. Mortal, flexiono a vida
quando os rostos se exaurem.
As coisas que não cabem,
posso juntar em dor.
Quer o sonho eternidade.

A MORTE NÃO É JUSTA COM MEU POVO

1325. Mas a morte não é justa
com meu povo. Caridosa,
perseverante, não é justa.
Com gratidão complacente
ao não se fartar da espera.
1330. Ou do sórdido arremesso.

A VIDA NÃO PERMITE

Mas a vida não permite
que a morte se desenvolva.
E respire demasiado.
Respire, respire justa.

BILINGÜE

1335. A morte é bilingüe, pampa.
Tento imitar seu sotaque.
E depois entendo o toque
das sílabas breves, lampas.
Quer consolar-te. No entanto,

1340. tu a consolas e podes,
no silêncio com que diz,
vertê-la – fiel e simples –
numa língua mais feliz.

OS MORTOS CRESCEM

Os mortos crescem, crescem.
1345. Como se dilatassem
a natureza e fossem
desequilibrando os montes.
Os mortos crescem com
as tulipas. Não se pode,
1350. sob o pampa, capturá-los,
medi-los. Além do que
conseguiam, quando vivos.
Crescem. Crescem para dentro.
E a razão dos mortos não
1355. tem argumentos. Só mortos.

CASA GRANDE DA ESTÂNCIA

Na Casa-Grande do vento
hóspede fui. O porteiro
não indagou meus intentos.
E a minha letra soltei,
1360. gauderiou nos documentos
de amar, bulir, verdejar
os buritis pensamentos.
Vivendo continuarei?
E se morto, eu estiver?
1365. E naquele quarto, ali,
eu falei diante do espelho
o que a ninguém comento.
Igual a um vulto velho
em novo, com alma firme.

1370. Quis com lençol cobrir-me
ou desolado armar
o velame do juízo.
Ou já terei morrido?
Se ao pampa me integrar,
1375. Casa-Grande: o paraíso.

CONVALESCENDO

E a fomentar não me arrisco
demandas. Viver é ir
convalescendo as coisas,
porfiando o que a terra trina:

A TEMPESTADE BRITA

1380. sua língua. E a tempestade
grita em inglês. Brande, xinga.
E esconderijos eu faço
na palavra. Mas como
posso remendar a chuva?
1385. Coser botões no vento?
Ou ir costurando climas
na blusa, o céu? Descarnando
o sonho eu vivo. Até
os ossos. Com a alegria
1390. que não perco de me amar
sem culpas. Nem tampouco

COTOVELO DE ÁGUA

a alegria de um cotovelo
de água que sobre a nuca,
derrubas. Todas as

BIOGRAFIAS

1395. biografias se desfazem
na larva, no vespertino
pudor, talvez, de uma lágrima.
A ignorância do sereno
nos lava, meu povo e eu

APANHAMOS BETERRABAS COM OS MORTOS

1400. e apanhamos beterrabas
com os mortos. E são eles
que alertam, precavidos.
O grande vem mais tarde
pelo correr da morte.
1405. Antes de ser pequeno.
Então nos abeiramos

UM POUCO DE DEUS

de um pouco de Deus apenas.
Lâmpada, cisterna, alpendre,
ou quilômetro de Deus.
1410. E suportar não podemos.
Debaixo de Deus entramos
como de uma árvore.

O ÓDIO DE NADA SERVE

E nunca me enterneça
o ódio, mesmo sob a cama.
1415. Procriado, só a ferir,
nos serve. Ao morrer nos ama.
Olho os objetos e eles me

OBJETOS ME SONDAM

sondam, pampa. Como se
alguma tampa demorosa
1420. se abrisse. Na metade da alma,
és nômade e noutra, tanto
tanto amor te sobra, tanto,
que retirar não consegues
os andaimes. Nem a mente
1425. se gasta, nem a alma.

CIENTISTA DOENTE

Tal um cientista doente,
tem raciocínio o mundo
mas a lógica é extraviada:
Não ouve, nem fala

CIMOS

CAIO DE ESPERANÇA

EMPINO A MORTE

TRABALHAS NAS CINZAS, MEU AVÔ

1430. a vida. Terei de curar
com a terra esta paz
e a lua na montanha?
Os cimos se coroam
de passos mais intrépidos.
1435. Volta não há suficiente
à vida toda. Não há
volta, ou ida que preencha
o que termina. Mas caio
de esperança. Maçã, caio
1440. na boca do redemoinho
e do mar. Caio da fé
e da fúria, com alamedas.
Caio entre ossos sazonados.
Caindo de vida. Caio.
1445. Empino a morte. Largo
a pandorga, ou vai levar-me
errante. Rédea no grão,
sêmen galope cavando.
Notário de caracóis,
1450. chovido fui. No rochedo
é saxofone o sol.
Um sistema de medos
impele-me ao farol.
Não paro: estou suspenso.
1455. E, tu, meu avô, trabalhas
nas cinzas, se a dor rebenta.
E a fome não tem parentes.
O capital já não chora.
Entorpecem as idéias

1460. e não há como pegá-las.
A dor chegou à cabeça.
E a inteligência é ruga
monetária na garganta.
Uma ruga sobre os olhos
1465. e as sobrancelhas-pombas.
Nas cinzas trabalhas. Eu não.
Só reconheço e segredo
MEU POVO SOBRE OS MAPAS
fidalguias a meu povo,
que caminha sobre os mapas,
1470. com seus sapatos de dálias.
As palavras eram pêssegos.
Agora víboras víboras.
Teu coração tem mais voltas
que as amêndoas, meu avô.
1475. Teu coração detona.
Mas não resiste a morte
a uma semente. Não resiste.
Detona. Não resiste
a luz a uma semente.
1480. Não resiste o futuro
às cinzas. Trabalharás
trabalharás. Pois nem
os teus mortos carregas.
Os vivos, onde enterrar?
SINAIS DE NASCENÇA
OU AFRONTAS
1485. Não posso te amar, pampa,
sem percorrer teus sinais
de nascimento ou de afrontas,
freqüentar a inumeral
biografia de teu corpo,

MISSÕES DE S. MIGUEL-
SETE POVOS

1490. as covas da tua pele,
ou as recolhidas pedras.
Não posso te amar, sem
chorar os Sete Povos
das Missões, os sete
1495. covos de terçã e assovio,
sete baraços, sete
povoados cios, sete
vagâncias de almas,
sete furiosas glebas,
1500. sete dentições de ânsia,
sete pólvoras e amas
de ubres fartos.
A ganância tem
ovos sobre a palha,
1505. pés de aranha,
suas teias de faca
escavando os vivos.
E vão escalvando pedras,
por terem em cima a pala
1510. de sono e sina. Estas pedras
sabem dos homens, sabem
da sua história, as ruínas.
Nenhuma flor e alguns pássaros
talvez tenham conhecido
1515. cada cidade, em sotaina
da noite, presa às raízes.
Um alarme bate asas?
Revoar de índios caídos.
Um povo passado em armas,

1520. almas passadas a limpo
no juízo de musgo e barro.
E noutro, já sem ouvidos.
Sete Povos, sete pedras
das missões dos jesuítas,
1525. sacramentados no lacre
da morte se apagam, hirtos.
E a memória perde o guizo
de cascavel, o veneno.
Pelos tronços calcinados,
1530. a traição se disfarça
na manhã sem um ruído.
Mas as pedras não são mudas,
as pedras do amor banido.
Sob os troncos calcinados,
1535. a dor se livrou dos símbolos.
Qual o tempo que resiste?

OS GUARANIS DE S. MIGUEL DORMEM SOB OS PALMOS COMO MEU AVÔ

Os guaranis recobrem,
com seus palmos e utensílios,
cavas ilhargas de adobe,
1540. a terra aleitada, cria.
A república dos padres
junto às árvores, respinga
jaculatórias imóveis
e ambições de lajes
1545. úmidas. Quanta infâmia
pela boca do arrancado

CRIMES

sino, quantos crimes
na garganta e as pedras
aos sons não comem.

1550. Os guaranis dormem dormem
com musculosos cavalos.
Sem que possam cavalgá-los.
Porém, têm memória as pedras.
Têm tímpano as pedras, línguas.
1555. Filosofam vez e outra.
Falam com os olhos fitos.
E na lógica se esgueiram.

AS PEDRAS VIBRAM

Cheiram. As pedras vibram.
Como órgãos, violinos.
1560. Choram cordas persuasivas.
Pedras de roubo, tratados,
rapinagem, vilania. Pedras
de guerras torpes. Pedras
de sol, pedras-luas.
1565. Civilizadas, insones.
A memória se insinua
nas inscrições. Pedras-mulas
levam cargas de vergonha.
Não morrem mais o que viram:
1570. pedras de todos os homens.

ANDAVA COMIGO

E o pampa andava comigo,
tal meu avô caminhando
entre as romãs e figos,
caminhando a memória
1575. para adiante, para adiante
e eu a trazendo no laço
como a um chuvoso tordilho.
E a memória do menino
não envelhece, nem some

1580. e nem nos deixa sozinhos.
Mas tem vida própria o sonho
e o que esquece de ir sonhando.
E eu sou meu povo e ele,
um pôr-de-sol sobre os ombros.
1585. Álamo, álamo: o peito
da manhã, pomba gemendo.
Se meu avô punha os olhos
entre as cigarras e álamos,
elas voltavam e eles
1590. subiam ao alto, nardos
de um caule azul, destilado.
Da copa brotam cigarras.
E guitarras saem da língua,
cordas de obscuras sílabas
1595. solando nas pernas findas
de meu avô fatigado.
Dormir é encantar-se ainda
até depois de acordado.

A DOR É ALAVANCA

1600. E a dor é alavanca.
Nos empurra, tontos, contra
a parede e solfejamos
sílabas, sílabas, gotas.
A dor das coisas é América.
1605. E pampa, o verso em sigilo.
Jamais dito. Com a foz
dos meses idos. O pampa
é luz mudando as folhas
e as folhas mudando a luz.

PAMPA, LUZ MUDANDO AS FOLHAS

1610. Com a história, perna só
de um homem ou de milênios?

A HISTÓRIA É QUANDO

A história é quando quando
subitamente acordamos.

LONDRES, HYDE PARK

E vendo se morre. Londres,
1615. no Hyde Park, o tempo
silenciou pelo domingo
e não quis reconhecer-me,
e nem trocar cumprimentos.
Eram árvores grisalhas.
1620. Grisalhas todas as folhas
de minha mão. Sem alarde,
os olhos, junto às palavras

SENTIDO

caíram. É airoso e terso
o sentido do universo?
1625. Ou talvez apenas parto
desgarrado de bezerros
e medos? Tão cedo, fomos
meninos, entretecendo
esse sugar a manhã,
1630. com seu leite e as estações
no seio da terra e após,
da fortuna, a esquiva
cabra, bebemos.
E se provamos a fruta

VORAZ CONHECIMENTO

1635. do voraz conhecimento
e se errarmos pela gruta
da penúria, nós devemos
no cofre ou sob a vertente
da mina, guardar o ouro.

1640. Se corro, com o tempo
à frente, ou se tais pontas
maduras, levam ao termo,
sempre o mesmo, corro corro
sem atingir a fundura

CERCO DE DEUS

1645. do tempo eterno. Onde o cerco
é Deus. O cerco e o futuro.
Sua cavilação nos muros,
é por dentro das paredes,
ou no calabouço e o pátio.

PRAÇA DE SÃO MARCOS, VENEZA

1650. Onde o futuro? Na Praça
de São Marcos, em Veneza,
quando a maré vai mais alta,
homens e pombos se afrontam
pelo tal comum espaço
1655. europeu da sombra. Homens,
pombas, tempo misturado
que, ao inchar, segue a maré
cheia de barcos. E eu vi
então os nossos sapatos
1670. navegando e coloridas
casas, tedescos prédios
de ambição, funestos signos:
amor e glória submersa.
E vislumbrei indiviso
1675. o tempo, sob o chapéu

O FUTURO

de algum gemido. Mas onde
o porvir? Maquinações,
algozes e cicatrizes.
E o futuro é desferido,

1680. como seta. Não chegou.
Ou perdido é o seu compasso
de nadas. E mais disfarço.
Se o oceano é uma concha
e as palavras, oceano
1685. sem margens, agarro a vida,
que é bem maior do que a vida.

AMEI AS IMAGENS

Confesso: amei as imagens
e por sofreguidão ou incúria,
não me amaram. Ou então
1690. desculpam-se atrás de amaros
espelhos, em manhas, faros.
Nomeava aquelas que amei
e as que o tempo arremessou.
E elas ficaram mulheres
1695. fulas, rixentas, capazes
de cenas, contas
que obrigam até
a isolar-me. Pedras
de cores e caracóis
1700. coleciono. Dependem
da alma que ponho,
sob a hostil aparência.
Por decoro, com elas
sento na mesa. Sem
1705. me guiar por quem
as persegue. Mas irei
conquistá-las, nem que aparte
dos vivos, mortos. Talvez
as imagens se resignem

1710. a permanecer no corpo.

O TREM, DE ESTÂNCIA EM ESTÂNCIA

E atarantado, ávido,
sorvo a imagem da loco-
motiva, desde a infância.
Vai apitando de estância
1715. em estância, o comboio.
E é sonho dentro de outro
trem, o que me agitava,
criança, o sono. Amada,
como então te encontrava
1720. nas tranças da fumaça
que avançava, avançava?

GUAÍBA

E é locomotiva, pampa,
o teu Guaíba. Não é um
rio. Locomotiva, onde
1725. as águas contumazes
e telégrafas batem.
O sangue bate. Bate.
Uma rodomotiva.
Um vagão engata em outro.
1730. Uma água em outra: morte.
Como deitar com tantas trevas
sobre o travesseiro? Tantas
fomes e pedras revolvendo

ESPANTALHOS DE ÁGUA

os espantalhos de água.
1735. E as estrelas enormes.
Não posso deitar mais
tão só com o esquecimento.

PIÃO

E ao segurar o sono
na mão como um pião,

1740. esticas a corda, puxas
as esferas do universo.
Quando a agonia recua,
avança, circula. O bem,
o mal em rotação salta.
1745. Não é minha esta agonia.
Mas dos mortos. Com palavras
que caminham. Seguras
o sono. Não podes, não
podes, jamais poderás
1750. segurar, ó meu avô,
a tua ressurreição.

GRÃO E FERMENTO

Não poderás mais
nada segurar, salvo
o encolhido não.
1755. Avô, igual ao grão
deitaste e a tua sega
se acordará com o pão,
já que a terra conserva
seu fermento no chão.
1760. Um dia pela boca
do forno explodirás.
Levantarás, antes
que deixes mariposas
pousarem em tua fala
1765. serena. Levantarás.

DISCURSO AOS PEIXES

E quando passeava pelas
muradas do Sena, aos peixes
discursei. Por não me ouvirem
os homens. E aos pássaros,

1770. por não me escutar o rio.
Hoje vejo que suas águas
estavam surdas com o pio
de velhas ervas. E os peixes
são os pássaros do rio.

1775. E às vezes, implume, falo
com o Guaíba sobre o talho
dos repuxos. Foices, aros
vão caindo pelo sulco
dos poentes. E com os peixes

1780. falei, falei sob o galho
das marés. Por entre libras
de sezões, meses, eu fui
às esconderijas pedras,
os alcantis da infância.

1785. Éramos todos crianças,
eles e eu, sobre o val.
IDIOMA FLUVIAL No seu idioma fluvial,
o que não sabem, contei.
E o que decorei, sofrendo.

1790. As coragens assomei
que eles puseram entre
as escamas de sua lei.
Dos homens não lhes falei:
dos que não pensam, nem agem.

1795. Eles, peixes, concebem
o seu mundo mais sábio.
E me escutam. Os olhos
miúdos que se adentram.
Amor é a flava chave

1800. de interpretar sua língua.
Com asas de raízes,
nadamos. Nos explicam
os sonhos. Peixes somos,
não homens? Peixes, peixes
1805. dentro do humano círculo?
Os peixes agem, pensam.
Nadamos: somos findos.

PEIXES, PÁSSAROS, CAVALOS: INVASÃO

Os peixes invadirão
o mundo extinto, um dia?
1810. Talvez os tardos pássaros.
Ou teremos cavalos,
com suas patas de milho
entre os feixes, erguido.
Loquazes, cavalos claros
1815. netos, primos do perigo,
com claros olhos de peixes
e pêlos de lisa seda.

O RIO SENA PELA RÉDEA

E o rio Sena observa
de espreita, com as orelhas.
1820. E corta Paris. E eu
que tenho o nariz na boca,
tão sensível e apenas corto
o meu sopro, que me corta,
tomo fôlego nas costas
1825. e acompanho então o Sena,
com a rédea, pela margem,
na légua, como a um cavalo.
E o Sena me acompanha
quando o tempo me dá cãibra

1830. nesta perna que me estranha,
como se ao nervo o alicate,
a seu músculo esticasse
O TEMPO, CÃIBRA
e fosse o tempo esta dor
em mim cortando Paris,
GALOPE DO SENA
1835. no galope do rio Sena.
A mim, que só corto versos
e me dá tamanha pena,
que até esqueço que a dor
não escolhe a terra. Dorme,
1840. meu avô. Mas sou alguém
que do corredor à porta
num ritual vai. E talvez
isso seja o que nos sobra.
E meu avô dorme. Dorme.
1845. Além. O bem nos socorre
com o bem. Não dura o mal
entre secura ou remorso.
Morte conserta morte.
E nada mais conserta
1850. a eternidade. Nem torço
o seu talo de alecrim.
A CAPITAL DO PAMPA
E vi o pampa: cavalo
olhando dentro de mim.
E pelos seus arrabaldes
1855. e campos não tinha fim.
Fitava em cavalos olhos
ruas, praças, rugas, aves.
Guardando a mesma idade
que suas árvores contêm.

1860. E, pampa, então busquei
das manhãs, os travos.
E após contigo morrer,
ser no vento arrebatado.
Até ser o vento em Deus.

NÃO SE REPETE

1865. E o que sucede ao ventar,
não se repete. Nem pode

TRIBO

ser reescrito. Minha tribo,
as árvores. Com quem não
me bastava conversar.
1870. As árvores assuntavam
de mim. Com pensamento
entre os troncos. Alto, mais
alto que as frondes. Mais,
mais antigo. Não me
1875. resigno a um signo calado,
sob as brasas. E é quando
me despojando, eu ouso
o cume das montanhas.

VOZES E LÁPIDES

Por que todas as lajes
1880. se recobrem de vozes?
E todas as idades
são lápides de fogo?
Viver é muito perto.

OS PÉS MUGEM

Muito. Os pés mugem, fogem,
1885. a vida pode sair
por lugares que não pude.
Os pés molestam, arrulham.
Não há como prendê-los
no ataúde. Os pés chilreiam,

1890. zunem. Com a alma,
sótão raso, de nuvem.

MEU AVÔ E O PAMPA

Os pés e duas pálpebras
de terra: dorme, avô.

DORONDA

Porém, na dor, a noite
1895. é imensa e sem montanhas
e nenhum vento soa.
Mais longa e mais estranha
do que a noite. Vida, absorvo
as gotas no lerdo filtro
1900. de gritos. Já me consumo
nas coisas. E tudo é abismo.

SOBREVIVENTES

E nada, nada. Digo
a vós sobreviventes:
assino esta confiança
1905. de que, mesmo espaçosa,
a morte não me alcança.
Sou de uma estirpe dura
e que reage. Nada
me deveis, salvo a coragem
1910. de vos sobreviver.

CONTIGO, PAMPA

Irei, pampa, contigo.
Na multidão de almas
ou carregando a barca.
Ou com o laço guiando
1915. o touro de água. Contigo
irei. Na luz não seremos
intrusos. E nem fusos
das intratáveis Parcas.
Irei na luz contigo.

RONDÓ AOS SAPATOS GRANDES

1920. E por ela regresso.
Tem sapatos o meu verso?
Aos pés não posso calçá-los
ou devo calçar a noite
com estes sapatos grandes.
1925. Andarão onde não pude?
Pararão, terão virtude,
entre os mortos seguirão,
independentes do chão.
Estes sapatos grandes
1930. ou, às vezes, maltrapilhos
sobre a palma do menino,
terão os pés de um ancião.
E seguirão grandes, túmidos.
Até que os adormecidos
1935. acordem com seu ruído.
E os mortos ressuscitem.
Ou pelos furos concisos
das meias, saltos, cadarços,
vá o poema ao estaleiro
1940. sem qualquer contemplação.
Estes sapatos grandes
podem calçar a manhã.
E calçam dúvidas, lãs,
sofrimentos temporãos,
1945. os descobertos sentidos.
E o que não escutei, vivo.
Com a sola dos ouvidos,
com os cílios em botão,
pela sacada dos olhos,

1950. os sapatos saberão.

MOLHOS DE VARAS

E como varas aos molhos,
vivemos, acabamos
por entre o vão de tempo
que nos explica, sem
1955. que ninguém o confronte.

ALÉM DA PORTEIRA

Há que ver além da cerca,
além da porteira. A venda
não é nos olhos, é na alma.

COMO MEDIR

Por isso, como medir
1960. o bosque pelas abelhas
e o homem sem a dor
ou as águas pela areia?
Nada é apenas aparência.

PENAS E ALEGRIAS

As penas cozem no forno
1965. como o centeio do pão
em alinhados tijolos.
E a alegria se dilata
ou é moldada no torno.
As coisas só ganham datas
1970. quando se prendem ao dono.

ATRÁS DE MIM

E é atrás de mim que vens,
pampa, com o teu Minuano.
E de erval os palafréns
mais velozes do que os anos.
1975. Pois é na árvore o tempo,
o mesmo, que pelos ramos.
E, pampa, é maior que eu,
o que vai comigo, atento,
quando me levava o vento

1980. e ao vento seu burel
tirava, cheio de nomes.

O TEMPO-FOME

O tempo tem tanta fome,
que jamais há de saciar,
tudo o que a terra lhe come.

TEMPO-CÃO

1985. É tempo-cão que nos morde
com a dentadura de lava.
E assim que nos morde, some.
E o vemos andando e nada
dele nos resta: favas
1990. contadas e descontadas.
Não tendo quem no temor
o amedronte. Nada e nada:

TEMPO-FONTE

fonte de existir palavra.
Nem maldade, nem porfia
1995. poderão conter a terra.
É tão cortês e terneira:
tocada, se agita, berra.
O tempo apenas se omite,
ou desiste, é outra estirpe,
2000. ao nos afastarmos dela.
Incauta e impotente muge
nossa sorte contra o muro,

TEMPO QUE FOGE E AVANÇA PELAS RUGAS

diante do tempo que foge.
Um nos ataca, aos poucos,
2005. pelas rugas. E aniquila
sem data. Qual tartaruga
que só desova na caça.

TEMPO DAS TRAÇAS

Outro, o tempo das traças,
quando o demais sucumbe.

TEMPO DE JUÍZO

2010. Outro tempo cobra e julga,
como se fosse a vidraça
da noite por trás das culpas.
E não ocorre pungência
maior do que aquela, oculta.

2015. O tempo é uma inteligência
que transluz, quando pergunta.

TEMPO-DESTINO

E é ciência para o mistério
de o destino ficar tempo
e o tempo virar destino.

SENSATEZ

2020. Sua sensatez não murcha
com as tílias. E a nuvem junta
outra nuvem pela tez
morena compondo a chuva.

SOBERANIA

A sua soberania: é não

2025. se fixar, movendo
e ao se mover, fixar.
Como a enxada
sobre a eira,
só de escavar,

2030. é na areia
que o tempo
deixa as pegadas.
E o sol com vagas
de cobre se aduna,

2035. por mais que escove
o sino de alguma paz.
E a vida é maior
que a espuma da chama,
onde o tempo chove.

MISERICÓRDIA, OU
MÚSICA SEM HARPA

2040. Não peço para os meus vivos,
misericórdia dos mortos.
Mas apenas o que firmo
nesta música sem harpa,
esta música de ossos
2045. posta dentro da palavra.
Não peço para os meus vivos
o que o pampa não me deu.
Nem que reconheça ainda
o que me negou em vida.
2050. Continuarei sendo escriba
deste reino até o fim.
Lúcido, visionário, o him
de água apanhei do verso.
E a terra está toda em mim,
2055. desde o seu termo ao começo.
Onde é terra, estou ali.
Misericórdia não peço
para os mortos, nem aos vivos.
Meu avô Miguel preside
2060. a assembléia das heras,
dos crisântemos e faias.
Tendo o sol preso nos cílios
da neblina e dos espinhos.
Meu avô Miguel preside
2065. os astros e sob o pampa
toda a terra nele vibra,
ou palpita, fibra a fibra.

AMIGO-TEMPO

O que acontece é imóvel.
E amigo é o que sabe quando

2070. chorar por nós. Vai chorando.
E amigo é o tempo tardoso,
o velho tempo que apara
as colunas de si mesmo.
E no ruído dos vermes
2075. vai chorando. O tempo é cego
quando sem rumo eu erro,
quando vagueio a esmo
com os disfarçados meses
me farejando. Suponho
2080. estar antes, muito antes
do que quisera, vivendo.
Sem carcereiro, sem
minotauro, sem. É quando
vem compacto este disparo
2085. e caio no puro raio.
O pampa só tem memória
no cano de uma espingarda
em deslume. Mas a terra
sabe com a desmemória
2090. ou na perda dos sentidos.

O MENINO LIVRE

Não tem o menino pedra
capaz de algum sonido
pela alma que carrega
sem trem nenhum pelos trilhos.
2095. Não tem o menino quebra
no coração, nem poder,
ou Constelação da Hidra
fulgindo. Nem se estriba
o cavalo sem arreios

2100. na montaria. Nem pia
como um pássaro na estria
cristalina de seu pêlo.
Ver é cantar chorando.
Pedras os olhos não dão,
2105. nem focinhos comprazidos.
Sobre o ramo, um pintassilgo
trina, apesar de ferido.
Se pedras não choram olhos,
deitam flores na sezão.
2110. E se olhos não tiverem,
que pedras os olhos dão?
Ou chorarão de que fogo,
se os olhos sobem do chão?
Ou ladram pedras, um cão
2115. atrás de outro no lodo.
Parte nenhuma é o todo,
se não se faz transparente.
Pedras se batem: pilão.
Pedra sovada, vertente.
2120. Se pedras não choram olhos,
que olhos pedras verão?

SEM DEMÊNCIA, NÔMADE

O pampa não é demente
por ser nômade. Ninguém
sem sair é grande, sem
2125. nascer pode encantar-se.
O pampa vem de viagens
para dentro e fora dele.
Vem de morrer, rebrotar,
trocar, às vezes, de pele.

2130. Desentranhar-se do mar.
Para ser grande, deixar-se
fluir todo o rio no enlace.
E o pampa não é demente,
mesmo que aos filhos não ouça-
2135. os melhores. Com sua bolsa
tira vinténs do poente,
vinténs da lua, das águas,
também das coisas passadas.
Sabe arrancar da semente,
2140. os frutos da madrugada.
O pampa não é demente,
apesar do seu disfarce
cândido, displicente,
manhoso até no calar-se,
2145. retendo poças e mágoas
em vasilhas renitentes.
Os olhos só choram, vendo.
Nenhuma pedra se apura
salvo na pedra, em secura.
2150. Nenhuma pedra se apaga
sobre os olhos de uma lágrima.

EXTRAÇÕES DE NADAS

Arranca a morte de nada.
Ou apenas faz deitar
gotas de penas graves
2155. de nadas que caem das árvores.
Arranca da morte o sal,
a morte em tiras, o charque.
O facão da fala, míngua.
Vírgula, virga viva.

2160. Arranca do remo a espada,
do seu gadanho a cevada,
ovelhas das pernas bravas.
E a morte arranca da pata,
o espinho. Arranca e mata.

SEM PINO

2165. Vejo com os olhos mudos
de uma coruja e os surdos
do redemoinho. E é sem pino
o destino. Vai p'ra trás:
um coxo com pés avessos.
2170. De costas, o tempo-mocho
sobre o tronco. Pampa é tudo
o que atravesso, deixando.
Até quando ler em braile,
o líquen e as indulgências.
2175. Sorrir é a melhor medida.
Com as enferrujadas pás
da lembrança, algum motivo
de eternidade voraz.

NOMEAÇÃO

Ao nomear meu avô,
2180. nomeio os ancestrais
de minha linguagem
e os elementos de rios,
chuvas e montes do antigo,
furado bolso da aragem.
2185. E me dizia: *Não há*
encomendas na paz,
nem na guerra. Pela luta
se revela o som que somos.
Se amor remói tamanha argila

2190. de nuvens, manhãs, não tira
da palavra coisa alguma
que não seja bruma. Não tira
a palavra de si, mais
que a palavra, mais que a coisa
2195. de outra: lasca. Existe arco-íris
que possa fincar pé na alma,
escada? Ou que arco-íris
se escava com a perna
de uma enxada? Não se tira
2200. da palavra outra coisa
senão água de cisterna
evaporada. Não tira.

PENÚRIA E FRUTOS

E aos palmos medimos
nossa penúria. Palmos
2205. que irrompem pela têmpora
de bronze junto ao solo
com frutos. Brotam salmos
de murtas e riachos
madurados na boca,
2210. salmos de uvas, cachos.
E com palmos medimos
este ouro que cintila
no envelhecer das iras,
dos cabelos, carvalhos
2215. inocentes e timos.

ALIANÇA

Não somos mais sozinhos
quando temos a terra
e todos nós, vizinhos,
nos suportamos, todos

2220. em aliança eterna.
Deus não muda. Só nós
mudamos, pó no pó
e é onde se prosterna
o joelho limpo do ar.
2225. Não, não estamos sós.
Com a terra sobre nós.

FACHADA DE SABIÁS

Inda percebo a casa,
os móveis, a fachada
de sabiás, o lar.
2230. Não volto para ti
mas a mim voltarás.
Amor é o que se faz
andando sem andar.

PESO EXCESSIVO

E pampa, como é falaz
2235. do dia o peso excessivo.
Felicidade é o puído
gibão de flores e o tempo,
só um surto de agonia.
Por vezes é longa a noite
2240. e curto o dia. Depois
a noite é mais longa ainda.
E os astros se fatigam
na harmonia, com tão grandes
e rútilas as pupilas.

MAIS LONGE

2245. Quem não olhar mais longe,
nada vê. Mais longe
as imutáveis graças
e as coisas oclusas
pela lei. Mais longe:

2250. mordaça, o universo
que não pode ler.
E lemos os códigos
inversos por tudo
que não quer aparecer.
2255. Quem ama, vai mais
longe, vai mais perto,
dispensa aparências
ou conflitos, chega
ao centro de Deus
2260. com o amanhecer.
E as rugas madurecem
avelãs na semente.
Quem mais longe amar,
longe, mais longe sente.

NÃO SE ACABAM OS CAVALOS

2265. Não se acabam os cavalos,
nem as rodas da campina,
nem dos poentes o aro
de inacabável polia.
Cada relincho é acorde
2270. de um violoncelo de crinas.
Não se acabam os cavalos
de pluma no eiral da tarde.
Nem se acabarão os dias
com pampa montado em cima.
2275. Nem se acabará o pampa
por ser maior do que a sina.

CONHECENÇA

O pampa é de conhecença.
Próspero, sem as doenças
de velhice na saudade.

2280. Desateia o acontecido
e se amasia nos ermos
e nos serros distraídos.
E se a saudade resmunga,
vem toda ela de ouvido.
2285. Pampa é o poncho nos sentidos
e os sentidos, poncho de horas
que a manhã na palma enrola
ou sobre a noite deponho.
Ninguém mais impede os sonhos
2290. quando sozinhos trabalham.

MELHOR PLANTA

E como sai do grão
a melhor planta. E do
sonho, vem outro sonho
que o suplanta, ou das folhas
2295. de oliva com seu espólio
destilando-se, o pampa
sai de Miguel, avô,
o das Missões e Sete
Povos de pisados grãos.
2300. E jamais se repete
outra nação igual a esta,
sem brasão, com os rios
na testa e brasis pela onda
da sementeira seiva
2305. de onde Miguel germina,
dormitante diamante
pela mina, com a lua
sobre as suas costelas.
Mas teu sono, avô, apenas

2310. termina quando a terra
for tua mulher inteira.
Então a terra toda é meu avô
sem fronteira entre céu,
querências, avoengas estrelas.

PELES

2315. E como epidermes uma
noutra roça, também com
a terra, meu avô se esforça,
amante e caçador atrás da corça,
após ambos iguais,
2320. nenhum mais alto acossa,
de nenhum o outro rouba.
O pampa é apenas quando
amor nunca se esgota.
E pouco a glória apraz
2325. quando muito se atrasa.
A má tenção da inveja
não doma o que se abrasa
e aos ousados não lesa
mesmo que a morte traga
2330. o fim do véu corpóreo
ou da incorpórea saga.
Não, não estamos sós,
com a morte sobre nós.
Pampa, se envelhecemos
2335. é porque vamos dentro
de tuas vértebras de cedro.
E um dia nos quedaremos
translúcidos e serenos,
todos plantados no vento.

ALMAS SILVAM

2340. Pampa, são tantos os mortos
que levamos, os amigos,
parentes, seres contíguos.
Levamos conosco e pesam.
Sem saber persistem vivos.
2345. Suas almas ainda silvam.
Como colhêr os resíduos,
se em barca, junto ao leme,
são andorinhas em círculo?
Como colhêr o resíduo
2350. dos que viveram conosco,
senão irmos carregando
num gramofone submerso
frases, prosódias, gestos,
ou as imagens ruídas
2355. de traços, trajes emergem
e os que foram, se entretecem
com o que somos, remidos.
Pampa é onde estão os vivos
e os que no posto ficam
2360. junto do sol, cativos.

MEU AVÔ E AS AVES

Meu avô, já não despertam
de tua inércia os quero-queros,
nem os pardais molestam
com o chilreio dos ciprestes
2365. como se fosse a bengala
de pássaros que levavas.
Hoje ocupas tua sala,
agaloado na veste
de margaridas. Ou a geada

2370. que em tua cara não se dobra.
E tuas narinas se agarram
à viração e às ossadas
de um plátano. *A terra fala*
com quem a puder ouvir –
2375. murmuravas. *E na vida,*

ATIRADOR

quando o destino é armadilha,
é o tempo que enrodilha
as malhas, atirador.
Sim, murmuravas. Não lias
2380. sem grossas lentes. Ao cimo
de rude monte galgavas.
Pampa é o que jamais se acaba.
E no sulco dos tordilhos
a água que rasga os fundilhos
2385. do penhasco vai calada.
Tempo, rastro dos cavalos.
Pampa, cavalos sem rastro.
Só quem olhar mais longe,
pode ver. Não se acaba
2390. Deus, onde Deus estiver.
Nem se acaba uma jornada
assim que foi começando.
Nem pode-se assar fornada
de pães sem tostá-la toda.
2395. E o cordeiro não rejeita
para seu próprio deleite,
materno leite na teta.

AIAS DA CORTE

As estações se alternam
numa estação dileta.

2400. São aias da mesma corte,
a uma rainha sujeitas.
Embuçadas, de uma seita
que se rege pelas fendas.
E uma com outra se cruza,
2405. límpida, às vezes, confusa.
Cores de mesma tinta.

À BEIRA DO PARAÍSO

À beira do paraíso
fui tantas vezes comigo.
Com olhos, olfato, tato,
2410. e os pés confrades altivos.
A natureza se exala
sem sandálias nos sentidos.
Também paraíso é quando
ao crepúsculo se avista
2415. sobre o Guaíba pousando.
Respira fogo o céu tordo,
como de chispas o toldo
elevado em chama risca
candente metal, o flume
2420. de uma lanterna de brisas.
No paraíso desliza
a infância com os vaga-lumes.
E o que acontece é imóvel.
Brilha, queima e desarvora.
2425. Como o amor, a infância sorve
igual ao tempo, esta escora,
estola, matéria jovem.
Igual ao pampa: não basta
para reter tanta morte,

2430. tanta vida que se escapa.
E eu sou aquele que a infância
fez saber quanto é remota
a duração da esperança.
Ou quanto tem cada coisa
2435. sua fonte ou apenas solta
a fagulha, essência oculta.
Pampa é a essência que se muda.
E de mudar convalida
na forma, a norma contida.
2440. E na infância, o que gravita
senão ela, que se libra
dadivosa e mais aérea,
ou mais bêbada, interdita?

INFÂNCIA E ÉDEN

A infância ficou no éden,
2445. ou o éden na infância habita?
Pampa é o que não nos concedem
e tomamos. Precipita
bem antes da posse, a febre
e depois dela, a guarida.
2450. Eu sou aquele que a infância
faz saber quanto é despida,
quanto nos multa, a esperança.
E talvez a vida é tanta,
que nem a morte suporta.
2455. *Não há soleira no pampa,*
nem por onde o vento corta.
Dizia meu avô e era
revolvido como a terra
de funchos e urzes, vermelha.

2460. Ou da flauta de uma artéria
surdissem papoulas. Quanto
cospe raízes a morte,
mesmo em flores, balbuciante!
E nada demove o pranto
2465. de ser humano um instante
e depois outro, esvoaçando.
Sim, talvez a morte é tanta,
que nem a terra suporta.
E meu avô dormia
2470. buscando a intacta criança.

ÚLTIMO E NOVO SONO

Sob a terra seca
meu avô dormia.
Tinha o sangue frio
junto à terra funda.
2475. Vinha fatigado
com botas: cavalo
que a morte circunda.
E os ermos remendos
de embuçadas guerras.
2480. Mesmo que não queira,
meu avô dormita
panos de fronteiras.
Nem o seu capote
enfiando as mangas,
2485. que agora palpita
de saúva e argila,
tentará escondê-lo,
ou mesmo impedi-la.
Um ginete em fila,

2490. preso à roda gira.
Do seu queixo o cânhamo
da amarela barba
raspa o desamparo
de animal sem faro.
2495. O pescoço árduo
de gelhas, tendões
desce para o átrio
de torrões, papoulas
e a elevada gola.
2500. O boné fendido
encobrindo a cara;
a rompida pala
guarnecendo a ilharga
nímia, desmontada.
2505. Não, avô, nonada.
Nada mais te cala.
Baixaste as orelhas
para a noite entrar-te
devagar nos olhos.
2510. Marido sincero,
com a mulher dobravas
o dorso de ferro,
eras toda a terra.
Caracóis de chama
2515. abrem-te a cancela
das coisas eternas.
Pampa, meu avô
estendido, enorme.
Nada há de calar-te!

SONHO: FUTURO

2520. Que o povo se forme
de teu sonho, pai
de meu pai no sangue,
chuva que se esvai,
pão que o forno expande,
2525. prata depurada
no rigor do fogo.
E o teu sonho, pai
de meu pai pulsando.
Nada vai calar-te.
2530. Não, nenhum ordem
ousa levantar
o imortal sossego.

É POR TI QUE A TERRA VÊ

Não, não tens olhos vendados,
mas os olhos de teu povo.
2535. Seja na pressa, demora,
olhos com a língua de fora,
palmos de olhos na língua,
olhos de Deus sem viseira,
olhos tintos da oliveira
2540. e os que as pupilas não servem,
línguas dos olhos lebres,
capazes de olhar além
das murtas, além das sebes.
É por ti que a terra vê.

CONTO O QUE ME CONTA

2545. Mesmo que estrondem olhos
nuvens são e também chovem.
E não passam de ferrugem
que a chama e a limalha florem.
Por mais que trovejem, morrem

2550. para rebrotar com as plantas.
E enquanto há tempo, há lampas
de fontes e ao cristal movem
com as águas. Enquanto há pampa,
romagem vai, de mudanças.
2555. E só não muda, o que espera
de esperar sem esperança.
Ou perfaz de tempo a cera
de sua máscara de infância.
E o que se conta é neblina,
2560. naves, remos e atalhos.
Tantos amigos que temos
para tão sós vivermos.
Não sei se a glória é lembrança,
ou o verão que declina.
2565. É pampa: vou estreitá-lo

FINIS CORONAT TERRAM

E o homem na terra é pobre,
e sem ela não avança,
nem sequer escuta os dobres
de avelã de sua infância.
2570. Pobre, pobre sem temência,
sem fortuna, descendência,
sem piedade na bonança.
Pobre, pobre. Como pode
a eternidade sonhar-nos,
2575. sem que na terra deitemos?
E o homem é universo
quando na leiva se agarra.
E nada é mais controverso
que ser espírito e alma.

2580. Mas se um noutro se apara,
é como em veios a veiga.
E o velame da guitarra.
DIANTE DA PEDRA
Ou é minha pátria, pedra?
Não enxerguei dentro dela:
2585. era a pedra que mirava,
tal em balcão a donzela.
Era, sim, pedra de dentro
da pedra que me fitava.
E eu tremia, qual cigarra
2590. com a pedra caída em cima.
Ou pela fresta se perde
de luz sob a pedra verde.
Azul é Deus. Na fiança
de homem com terra sobre.
2595. E o tempo vai pelo orbe
langoroso da semente.
O tempo vai na corrente
das coisas e jamais pára.
Jamais é tempo de novo.
2600. E depois pode ser bala
que penetra pelo corpo.
HÁ QUE ERGUER A CABEÇA
Enquanto eu contar, na fala
estarão vivos os seres,
enquanto eu falar, ao leres,
2605 o pampa contigo escala
degraus de fonemas, deuses
que a língua no instante grava,
o idioma do sol. E aprouve
esbanjar com realeza.

2610. Enquanto eu contar, na fala
há que erguer a cabeça
e lapidar as noites
e as prolixas estrelas.
E toda a semelhança
2615. entre o avô e o pampa
é a de serem silvestres
e ambos na mesma infância.
Há que erguer a cabeça.
E os mortos possuem a ciência
2620. de levarem os seus sonhos
até aonde amanheça.
São os sonhos, ameixas
apanhadas na perda?
Que tudo se enterneça,
2625. vencedores, vencidos,
num amor sem soberba.
E se estivermos vivos,
ou povoando a natureza,
mais intestinos, cúmplices,
2630. há que erguer a cabeça,
refazer as ruínas,
agir como se deve,
para que as cinzas ladrem,
ainda que sob a neve.
2635. E de ousar, então albergue
tempo maior na beleza
quando é a terra que separa
cada folha. E por si mesma.
E a terra na fineza,

2640. ao macho vigor tempera.
Não, nada pode a palavra
se não tiver dentro a terra.

VONTADE

Quero epitáfio de cedro,
de cânfora, com grafias
2645. de água na terra escorrendo.
Ficarei atado às cláusulas
de líquens. Nenhum escuro
me amedronta sob o furo
dos astros e margaridas.
2650. E me deito com a vontade
de que gravem: Tive Deus
e Ele me invade. Chamo
de Elza o nome
da última relva.
2655. Deito com o avô
Miguel na terra.
E quem te ama, Elza,
é pampa, este vaso
de oliveiras e almas.
2660. Parras-labaredas
que a lareira abrasa,
os rostos queimando,
sem queimar a sarça.
E deito-me, Elza,
2665. contigo no poema.
Quando o mar é um cervo
a nos ver de esguelha,
ou escapando em jorros,
alvejado, corro

2670. com os olhos nele.
Corremos e o corte
da fulmínea faca
nos abate, exaustos.
DISFARCES DO PODER
Ante a indiferença,
2675. astúcias, vilezas
que o poder disfarça
e a noite condensa,
rugem sonhos fortes,
os sublimes zelos.
2680. E também os vermes.
Apesar de tácitos.
E o que é grande geme
sob o pó. E o vil,
com doçuras, ácidos,
2685. ao mais alto vence,
antes que a justiça.
Ou a terra diga
o nível dos danos.
Com bufões e príncipes,
2690. sob a ebúrnea garra
de formigas, rifles.
Tem a morte a cara
de minha mãe eterna.
Toda a autoridade:
2695. ser a própria terra.
PERIPÉCIA
Com Miguel eu vou,
ergo minha cabeça:
não, não voltarei.
O que sorve o tempo,

2700. ao tempo desfecha.
Cara e breve a vida,
inda quando exala
pólens de alma exata.
E o que é mais humano,
2705. o universo exalta,
pouco a pouco, ampara.
Rompe a morte, a vara.
Eu não voltarei:
sigo meu avô,
2710. das Missões, Miguel.
Até ser água o homem,
até ser o homem, vento,
até ser vento, o céu.
Sorve tempo ao tempo.
2715. Põe com a terra, alma.
Os corcéis prudentes
da manhã confundem
meu avô com a lua.
Como se mordesse
2720. com os ávidos dentes
as pêras da chuva.
De pampa, enche a língua.
Abelhas circundam
candeias da fala:
2725. labaredas de água.
Põe terra na boca,
põe alma na alma.
E as ervas vocábulas
com o gadanho corta.

2730. Corta mais, palavra.
Corta quem te mata,
ou não te respeita.
Corta até que a noite
meu avô não veja.
2735. Branco sob a terra,
branca a terra sele
nítidas palavras,
todas em sua pele,
agora relvada.
2740. E as palavras nele
sejam pampa inteiro.
Pedra, lua, estrela.
Arma engatilhada.
E um amor sem pressa.
2745. Pampa, pedra, lua.
O que pode a morte
quando se insinua
devagar nas coisas?
O que pode a morte
2750. diante da palavra?
Vida, pedra a pedra,
ao ferir se agrava.
E eu-palavra-digo:
a história acaba.
2755. E é mendigo o tempo
de seu próprio fim.
Se curar alguém,
não cura a si mesmo.
Rolará num sorvo,

2760. do selim, ginete.
E pampa, esquecer-te,
como, se não posso?
Mesmo que esta areia
movediça queira
2765. afundar-te, aos poucos.
Terra, o amor foi tanto,
que nada resta. O tempo
é humano, às cegas.
E nenhum pintassilgo
2770. gorjeará sem o alpiste
do meu último grito.
E o que a gorjear
se atreve, como o mar?
A quem serves, terra,
2775. se nem aos filhos?
E o cantar dos sabiás
pode imitar o silvo
de um relâmpago fugaz
na venta de um velho pingo?
2780. Ou é o trovoar das esporas,
trinados azuis no casco
que o vento tardio escora.
Não há infância nos largos.
Quem naveja os fojos,
2785. traz sementes-velas.
Quem levanta o povo
tem na pedra, estrela.
Quem levanta a pedra
é apenas palavra.

Pedra, a mais austera.
2790. Quebra a fome, quebra
da morte sua jarra.

COLOFÃO

Este poema único, *A Espuma do Fogo* (*Sinfonia Pampeana, em Sol e Dor Maior*), foi escrito, na maior parte, durante o ano de 1996 e parte de 1997, ampliado de outubro a dezembro de 1999, neste Paiol da Aurora, Guarapari, Espírito Santo. Quando aludo ao peito do pampa, refiro-me à região das vinhas: Bento Gonçalves, Caxias do Sul, Farroupilha e cidades lindeiras, em diálogo com a Inês de Castro, de Luís Vaz de Camões. O Guaíba, onde discurso aos peixes, banha a capital gaúcha. Veneza, o Hyde Park (Londres) e o rio Sena são variações circulares desta viagem pelo pampa-universo. A visão do tempo de Deus, veio-me torrencial, no meio de um sonho. A breve alusão ao peixe Arão (173-175), evoca a minha camaradagem com esse ser especial, constante de um poema de *Os Viventes*. Para o conhecimento do leitor, passo a transcrevê-lo:

"Tive misericórdia daquele peixe miúdo e sem forças. Cordeirinho indefeso. E me pedia, com a alma fora da boca. A alma na rede. Tive misericórdia e o levantei. Coloquei-o num vaso de água. Ia nascendo o peixe pela boca. E fora da lei. Dei-lhe morada. A misericórdia tem razões que desconheço e o peixe se tornou companheiro de peregrinagem. Sem pátria, como eu. Chamei Arão. Nada tinha de Arão do Velho Testamento. Nem tampouco foi alguma vez meu porta-voz. Aqui, ou junto aos eitos do povo. Nem era parente do peixinho que seguia Quintana, com trote de rio. Mas me falava em língua que só nós entendíamos. E sou poliglota apenas pelo coração. Eu o levava, vez e outra, na algibeira, no bolso do casaco. Ou então íamos de mãos dadas, sujeitos ao assombro dos menos cordatos. E Arão era mais sabiá, que peixe.

"Nadava no ar sob o repuxo de meus dedos fluviais. Comecei com ele uma amizade que não mais pertencia aos peixes, nem aos homens. Fomos nós dois envelhecendo. Organizei um aquário, onde, com algumas plantas, parava comigo no quarto. Nos fitávamos, de esperança em esperança. Como de onda em onda, um barco. E era peixe democrata, sorridente. Quando lhe pedia, usava terno, camisa, gravata. Ou tinha algo de um pequinês de estimação: fardado pelo dono. Era humano nalguma parte. Não sei onde. E comíamos perto, um do outro. O meu apetite tão grande não podia ser alma. Sentia sua preocupação comigo. Perturbava-me. E as naturezas não divergem, nem tropeçam na luz. Aquele peixe possuía uma inteligência de amor. E me desarmava. Até que um dia me disse que ia morrer. E o seu suspiro foi desamparado. Não queria deixar-me. E eu principiei a morrer, quando aquele peixe fechou seus longos olhos. E a misericórdia que dei, voltava lentamente para mim".

Convém lembrar que o texto (sobre Os Sete Povos das Missões, 1485 a 1570) é dedicado, desde a versão original a Bárbara e Sérgio Paulo Rouanet. E ao convergir ao tema do épico, *O Uraguai*, de Basílio da Gama, descreve a Guerra Guaranítica, em conseqüência do Tratado de Tordesilhas, em 1750, entre os portugueses, sob a liderança de Gomes Freire e os índios guaranis, orientados pelos jesuítas. Essas trucidadas reduções dos Sete Povos erguiam-se, prósperas, seguindo um regime teocrático-cristão, sem leis civis ou propriedade privada. E deram origem a várias cidades gaúchas, entre elas, Santo Ângelo, São Lourenço, São Borja, São Luiz Gonzaga. Esse Canto sobre o pampa, talvez tenha nascido da contemplação do rutilante mar de Santa Mônica, que me diz tanto da coxilha. E deste silvo do vento, como choronas esporas na barriga do cavalo. Ou da lembrança de meu avô Miguel, que povoa a minha infância, tal como a aldeia de São Miguel das Missões, povoa a infância do Rio Grande, com Sepé Tiaraju, índio guerreiro, morto na defesa de sua gente. Pois, um filho nunca deixa a terra. Por trazê-la em si.

Paiol da Aurra, 11 de janeiro de 2000

O servo da Palavra, Carlos Nejar

Título	*A Espuma do Fogo*
Autor	Carlos Nejar
Capa e Projeto Gráfico	Ricardo Assis
Editoração Eletrônica	Adriana Komura
Formato	16 x 21 cm
Tipologia	Janson
N. de páginas	112
Impressão e Acabamento	Lis Gráfica